# Sana ranita, sana

## Margarita Robleda
### Ilustraciones de Maribel Suárez

ALFAGUARA

© De esta edición:
2004, Santillana USA Publishing Company, Inc.
2105 NW 86th Avenue
Miami, FL 33122


D. R. © 1999 Nidia Margarita Robleda Moguel


Alfaguara es un sello editorial del **Grupo Santillana**.
Éstas son sus sedes:
ARGENTINA, BOLIVIA, CHILE, COLOMBIA, COSTA RICA, ECUADOR,
EL SALVADOR, ESPAÑA, ESTADOS UNIDOS, GUATEMALA, MÉXICO,
PANAMÁ, PARAGUAY, PERÚ, PUERTO RICO, REPÚBLICA DOMINICANA,
URUGUAY Y VENEZUELA.


ISBN: 1-59437-820-7

Impreso en Colombia.
Printed i n Colombia.

*Para Paola Ballesteros Martínez*

# "Sana, sana, colita de rana…"

# Mi niña está enferma.

¿Quién podrá curarla?

Tendré que recetarle:

caricias en cucharadas,

5

una dosis de cosquillas,

un abrazo cariñoso,

7

cuentos, canciones y una manzana;

y estoy segura que mi niña linda...

zzzz......

9

¡Sanará mañana!

10

# Las autoras

A **Margarita Robleda** le gusta que la
llamen "Rana Margarita de la Paz y la Alegría".
Es una escritora mexicana a quien le encanta
jugar con las palabras y hacerles cosquillas
con ellas a chicos y grandes. Tiene más de 75
libros publicados. Tal vez tú ya conozcas: *El carrito
de Monchito* o *El gato de las mil narices*. También
tiene libros de adivinanzas y trabalenguas.
Ahora, esta rana rema y juega con las rimas,
y lo único que quiere es hacerte sonreír.

**Maribel Suárez** nació en la Ciudad de
México. Estudió Diseño Industrial y obtuvo la
Maestría en Investigación de Diseño en el
*Royal College of Art*, en Londres, Inglaterra.
Lleva 18 años haciendo ilustraciones para
libros infantiles, y lo disfruta muchísimo.

Y colorín colorado...
este sueño se volvió realidad,
con el esfuerzo y la solidaridad de muchos,
y se imprimió en:

Grupo OP Gráficas S.A.
Enero de 2004 Bogotá Colombia

3121008